2학년과 2학년 사이에

人
人
사
십
편
시
선

034 김규중 시집

2학년과 2학년 사이에

2021년 6월 7일 제1판 제1쇄 발행

펴낸이   강봉구

등록번호   제406-2013-000081호
주소   10880 경기도 파주시 신촌로 21-30(신촌동)
전화   070-4067-8560
팩스   0505-499-8560
홈페이지   http://www.littleforestpublish.co.kr
이메일   littlef2010@naver.com

ⓒ 김규중

ISBN 979-11-6035-107-1   03810
값은 뒤표지에 있습니다.

※이 책은 저작권법에 따라 보호받는 저작물이므로 무단 전재와 무단 복제를 금합니다.
※이 책의 전부 또는 일부를 이용하려면 반드시 저작권자와 작은숲출판사의 동의를 받아야 합니다.

2학년과 2학년 사이에

김규중 시집

작은숲

제주에 있는 소규모 통합학교인 무릉초·중학교가 자율학교로 지정
되면서 공모를 거쳐 학교장으로 4년(2015.3~2019.2) 동안 근무했다.
통칭 혁신학교로 불리는 학교에서 교장으로 근무하면서 또 다른 시선
으로 학생, 학부모, 교사들을 만나게 되었다.

유치원 입학생부터 중학교 졸업생까지 자신의 개성을 발하는 아이들,
묵묵히 지켜보거나 적극 목소리를 내는 학부모님들 그리고 교육의 본
질을 찾아나가려는 선생님들, 그 모두와의 만남은 매우 소중했다. 모
든 만남은 마음에 결을 남긴다. 이 시집은 4년 동안 내 마음에 새겨진
수많은 결을 갈무리하는 조그만 기록이다.

시집 말미 5부를 채우는 것은 학교 혁신 운동에 참여하면서 나의 가슴
에 오래 자리했던 단어들(성찰, 자발성, 소통, 리더십, 헌신, 성장, 시스
템, 열정 등)에 대한 생각을 짤막하게 표현한, 시로 완성되지 않았지만
무엇보다 나의 고민이 잘 드러나는 단상斷想들이다.

|차례|

4   시인의 말

제1부

12   마늘 농사 1 - 아침맞이

14   마늘 농사 2 - 아침맞이

15   허니통통 - 아침맞이

16   학교 건물 - 아침맞이

17   수선화 - 아침맞이

18   배꼽 인사 - 아침맞이

19   생각조차 귀찮아 - 아침맞이

20   누구한테 들었지 - 아침맞이

21   에게게 - 아침맞이

22   큰일 - 아침맞이

23   문제 만들기 - 아침맞이

25   도시락 - 아침맞이

26   내 나무 - 아침맞이

제2부

28   멀구슬 열매

29   도전

31   2학년과 2학년 사이에

32   아이들에게

33   지렁이

34   친구 1

35   친구 2

36   점심 축구

38   축구 좋아하는 아이

39   두 번째 시집 백록담

40   바람과 아이들

41   새롭게

제3부

44   네팔 소년과 나

45   예기치 않은 도움

46   출근 버스에서 내리며

47   아침

48   보기만 한 캔커피 1

49   보기만 한 캔커피 2

51 우리는 뭐지

52 다양한 문화

53 4차 산업혁명과 학교 1 - 의문투성이

55 4차 산업혁명과 학교 2 - 정해진 것들

56 4차 산업혁명과 학교 3 - 격차

57 늦은 퇴근

58 진아영 할머니

제4부

64 노심초사

66 열정

68 성찰

70 초임 교사

71 공문

72 화재 경보 오작동

73 초과근무

74 상대방 이해하기

75 덕치德治

77 위로

78 한 나무 1

79 한 나무 2

80   일을 마치며

제5부

81   단상斷想들

102   시집 이야기 | 날마다 새롭게 · 최관의

제1부

마늘 농사 1
- 아침맞이

교장 샘이

아침 먹고 왔냐고 물어본다

오늘은 밭에서 먹고 왔어요

- 왜 밭이지???

계속 궁금해 하신다

밭에 쌓아놓은

마늘 포대 꼬리표에 이름을 적느라고요

다른 밭에 있는 포대들과 모아놓으면

구별이 안 되어서요

- 그럼 구별이 되겠지만 혹시 꼬리표를 떼어서 훔쳐가

지 않을까?

아니요, 훔쳐가지 못해요.

- 왜? 왜? 왜?

꼬리표를 떼어버리면 팔 수가 없어요

- 그럼 그 자리에 자기 꼬리표를 붙이면 되잖아?

끈질기게 물어오는데 지각 때문에 바로 들어가버렸다

자꾸 물어보는 거 보니
마늘 농사에서 '마' 자도 모르는
교장 샘이네

마늘 농사 2
- 아침맞이

교장 샘이
또 만나니 계속 물어본다
- 왜 하필이면 월요일 아침에 밭으로 갔어?
토요일 일요일엔
제주 시내에서 살고 있는 아빠하고 지내느라
밤늦게 오다보니 못했고
월요일 새벽에
할아버지 할머니가
마늘을 포대에 담는다고
밭에서 아침 먹는다고
꼬리표에 이름 적어달라고
하니… 하니…

그렇게 궁금하면
마늘 농사를 지어보세요

허니통통

– 아침맞이

오늘은 6월초
3개월 전 바람이 차던 날
새로운 교장 샘이 이름이 뭐냐?라고 물었지
욱진이라고 하니
이름 풀이해 봐 하길래
빛날 욱 보배 진이라고
자랑스럽게 말했지
3개월 동안
아침마다 내게 인사해주어서
오늘 마련했지
허니통통 과자
아침마다 나를 통통하게
만들어준 대가지

욱진아, 이거 네 돈으로 산 거니?
참, 쩨쩨하게 그런 거 물어보시네

학교 건물
- 아침맞이

오늘도
교장 샘이 교문에서
나를 맞아준다
전에는 큰 건물이 나를 삼키는 것 같았는데
샘이 맞아주니
내가 건물을 끌어당기는 것 같다

수선화
- 아침맞이

초등학교 2학년 누나가 트럭에서 먼저 내리면
뒤 이어 깡총 뛰어내려
자기 키보다 높은 트럭 문을 힘차게 밀고
아빠에게 뽀뽀를 날리는
다섯 살 유치원 막둥이

통학버스를 기다리지 말고
빨리 유치원에 들어가라며
동생에게 말하고는
흐트러짐 없이 가녀린 걸음으로
교실에 들어가는 2학년 누나

누나가 말하여도
통학버스 오면 일곱 살 누나들과 가겠다고
바로 유치원 가지 않고
정문에서 기다리는
하얀 꽃 막둥이

배꼽 인사

- 아침맞이

큰 도시 학교에서
한 학년 10명인 학교로 전입해 온
5학년 친구
인사 때마다 두 손을 배꼽에 모아
배꼽 인사를 한다
신기한 것은 몇 명 안 되는 동년배 여학생들이
하지 않던 배꼽 인사를 하기 시작한 것이다
가만히 지켜보기만 하던
한 달 쯤이 지나가자
더 신기한 것은
언제 배꼽 인사를 했느냐는 듯이
누구도 배꼽 인사를 하지 않는 것이다
전입해 온 5학년 친구도
팔을 자연스럽게 늘어뜨리고
웃는 얼굴로 고개를 숙이는 것이다

생각조차 귀찮아
- 아침맞이

차에서 내리면 어김없이 반복되는
교장 샘의 지적과 걱정—
신발 눌러 신지 말자
졸리니, 눈을 크게 뜨고
교복 칼라 똑바로 접고
집에서 콜라 마시는 것 줄였어
가방 열려 있네 잘 닫아—
수없이 들었는 데도
왜 이것을 자꾸 잊어버리는 걸까
아니 생각이 간혹 나더라도
왜 지키지 못하는 걸까

더 이상 생각하는 것도 귀찮다
어쨌든 오늘 하루 즐겁게 지내보자

누구한테 들었지

- 아침맞이

오늘도 비슷한 말을 물어보겠지

어디서 잤어?

고모네 집이요

아빠하고는 자지 않는 거야?

아빠는 너무 바빠요

그렇구나 하더니 엉뚱한 것을 물어보네

고모 말을 잘 듣지 않는다고 하던데?

아니요 잘 들어요

누구한테 들은 모양이네

다행히 더 이상 캐묻지 않고

교장 샘이 웃는 얼굴로

그래야 하지

어깨를 다독여 준다

에게게

- 아침맞이

2학년에 올라가니
교장 샘이 오늘도 부르네
그 놈의 구구단을 물어보려고 하는 거다
오늘도 사오이십 사육이십사
잘 나가다
꼭 사칠에서 걸린다
사칠, 사칠, 사칠은 이십칠
에게게

큰일
- 아침맞이

구구단이 어느 정도 되니
곱하기 나누기 더하기 빼기를 한꺼번에 물어보네
이십 곱하기 이는?
천천히 사십
그럼 이십 나누기 이는?
천천히 생각하는데
못해~
그럼 이십 빼기 이는?
일부러 모른 척 하는데
어엉~
그럼 이십 더하기 이는?
큰일이네~
교장 샘은 큰일이라고 말하지만
내가 보기에 샘이 큰일이다
소나기처럼 서로 다른 것들을
한꺼번에 물어보고 있으니

문제 만들기
– 아침맞이

더하기 빼기 곱하기 나누기 문제를 만들어서
교장 샘에게 문제를 내보라고 했지

이십 곱하기 이십은?
교장 샘이 삼백이라고 한다
그런데 맞는지 틀린지 모르겠다
답은 생각해보지 않은 것이다
땡인지 딩동댕인지
빨리 말하라고 계속 말한다
순간, 이십 더하기 이십은?을 물었다
교장 샘이 삼십이라고 하자
땡, 사십입니다
답을 생각해보지 않는 문제에서 탈출한다
바로 기회를 이어서
이십 빼기 이십은? 물었다
일이라고 하자

영인데요 당당히 말하며 빠져나가려는데
이십 곱하기 이십이 삼백 맞는 거냐고 계속 따진다
끈질기다

다음에는 내가 확실히
아는 문제만 내야겠다

도시락

- 아침맞이

조리사 선생님들 파업으로
학교 급식이 중단되었습니다

미소가 떠나지 않는 아이가
도시락을 몇 개씩 들고 옵니다

너 이렇게 많이 먹어

아니요 엄마가 아이들하고 나누어 먹으라고
싸주신 거에요

내 나무
– 아침맞이

초등학교 1학년 아이들이
내 나무 만들기 활동을 합니다
나무에게 나를 소개하는 말과
들려주고 싶은 이야기를 적은
팻말을 달아놓습니다

정서가 등교할 때마다
여러 날을
내 나무 앞에 멈추어 서서
내 나무를 쳐다보다
교실에 들어갑니다

나무가 학교에서
가장 큰 역할을 합니다

제2부

멀구슬 열매

10시 30분에
학부모님이 억울하다며, 피해자라며 찾아왔다
12시 넘게 이야기했다
점심은 귀로 들어가고 입으로 나왔다
13시 10분에 담임선생님과
14시 20분에는 학교폭력 업무 선생님들과 이야기했다
15시 20분에 상대방 학부모님과 면담을 했다
16시 10분에 전체 선생님과 공유하고 의견을 나누었다
퇴근 시간은 오래 전에 지났다

학교를 나서는데
정문에 서 있는 멀구슬나무,
오늘 오고간 수없는 말들이
거기에 매달려 흔들리고 있었다

도전

학생 사안이 발생했습니다
처벌로 자신을 돌아보게 할 것인지
대화 써클로 자신을 돌아보게 할 것인지
머리를 맞대고 고민입니다

한 선생님이 대화 써클로
관계를 회복시켜보자고 먼저 말합니다

또 한 선생님이 말합니다
그런다고 관계 회복이 가능할까요
더 이상 상황이 악화되지 않도록 관리하는 것이
현실적인 해결책이 아닐까요

여러 이야기가 오고 가다가
어느 순간 서로의 얼굴만 쳐다보고 있습니다

대화 써클은 손쉬운 선택이 아니고
처벌도 손쉬운 선택이 아니어서
어떤 방향이든 목표는 회복이어야 하고
궁극의 목표인 회복을 위해
어려운 것은 당장의 행동입니다

교육은 도전이고
도전에는 진정성이 있어야 하기 때문입니다

2학년과 2학년 사이에

초등학교 2학년 경민이와 헌수가
통학 버스 타러 가면서
추석 잘 보내세요
꾸벅 인사하며 즐겁습니다

중학교 2학년 두 친구가
폭력 사안으로 학생부 선생님에게
면담하러 가면서
얼굴이 시무룩합니다

2학년과 2학년 사이에
무슨 일이 벌어졌던 건가요

아이들에게

자존감은 자존심과 다르단다

자존감이 높은 사람은
자신에 대하여 긍정적인 생각을 하는 사람이고
그래서
자신의 잘못을 인정할 줄 아는 사람이고
그리하여
갈등이 생길 때 먼저 손을 내밀 수 있는 사람이고
그리하여
진짜로 자존심을 잘 지킬 줄 아는 사람이란다
그래서
자존감 없이 자존심만 높은 사람은
한 번 상처를 받으면 쉽게 회복하지 못한단다

왜냐하면
자존심은 결과를 중요시하지만
자존감은 과정을 중요시하기 때문이란다

지렁이

통학버스가 도착했습니다
초등학교 저학년 어린이부터
중학교 3학년 학생까지
차례대로 내립니다
대부분 교실로 들어가는데
초등학교 저학년 여자 어린이들
화단 근처에 멈추어
말라죽은 지렁이를 보면서
안타까워하고 있습니다

성별 나이별
감수성 차이를 느끼는 순간입니다

친구 1

소은이가 통학 버스가 아닌
노선 버스를 탄다
학교에 일찍 가서 할 일이 있나
생각했는데 아니다
승미네 집에 들려서
승미와 같이 학교에 가기로 했다고 한다
그래서
학교 정류장 하나 앞에서
상기된 얼굴로 꾸벅 인사하고 내린다
학교가 즐거운 것은
친구가 있어서이다

친구 2

오후에 출장이 있어
차를 몰고 출근하는 날
통학 버스 정류장에
우리 학교 학생 세 남매가 서 있다

이 차를 타라니
제일 큰 형이 괜찮다고
통학 버스 탄다고 한다

먼저 도착해서
통학 버스에서 내리는 아이들을 맞이하면서
그 형에게 물어보았다
왜 차를 안 탔어?

작은 차보다 큰 차가 좋아요
친구들이 가득 타 있잖아요

점심 축구

11월 볕 좋은 날
중학교 남학생
전체 21명이
아니 거기에서 3명이 빠져
한 명은 문학을 좋아하고
또 한 명은 몸이 따라주지 않고
또 한 명은 아직은 초등 동생들과 노는 것이 좋아
그렇게 18명이
잔디 운동장에서
점심 축구를 합니다
지금은 어느 정도 축구 인원이 구성되어
열심히 즐겁게 하지만
내년에는 남학생 11명이 졸업하고
3명이 들어올 예정입니다
내년 점심에는
어떤 풍경이 펼쳐질지 궁금합니다

줄어들면 줄어든 대로
행복한 시간을 만들어 낼 겁니다

축구 좋아하는 아이

우리 학교
축구 좋아하는 아이가
노선 버스를 탑니다
통학 버스를 이용하는 것보다
버스비는 들지만
30분 이상 빨리
학교에 도착하게 됩니다

일찍 가면
같이 축구할 아이가 없지만
빈 골대를 벗삼아
킥 연습을 할 것이라고 합니다

두 번째 시집 백록담

똑똑, 교장 선생님
시집 잘 받았습니다

그래? 너에게 준 것이 아닌데
엄마가 내게 주었어요
나는 아빠한테 주었는데
아마 아빠가 엄마한테 주고 엄마가 또 나한테 주었겠
지요
그래, 읽어봤어
절반 정도 읽었어요

50대 중년의 아쉬움을 노래한 시를
10대가 읽어서
무엇을 느꼈을까

묻지 않았다
그냥 궁금함으로 남겨두어야겠다

바람과 아이들

무릉학교에서 녹남봉 가는 길
수선화 피어 있다
풀숲과 돌담 옆에
외따로 또는
서너 뿌리 어깨 대며 고개를 들고 있다

도원리 들판을 달려온
바닷바람이
수선화 주변을 맴돌며
수선화를 눕혔다 일으켰다 파르르 떨게 하다가
무릉리로 불어간다

유달리 바람 많은 고장에서
두 팔을 벌려
바람과 맞부딪치며 운동장을 누비는
무릉학교 아이들
얼굴이 빨갛게 달아오른다

새롭게

습관적으로 아이들을
만나지 않게

오늘의 아이는 어제의 아이와 다르고
내일의 아이는 더 이상 오늘의 아이와 같지 않고

그러기 때문에
매일 매일 새롭게 만나서
숨어 있는 가능성을
세심히 살펴볼 수 있게

새롭게 만나기 위해
내가 먼저 새로워지게

제3부

네팔 소년과 나

나는 두 시간 걸려
버스로 출근하는 데요

TV에서 본 네팔 소년은
두 시간 동안 산 넘고 들판을 걸어
등굣길을 가고 있었습니다

이 지구상 어딘가에
두 시간 걸려서
매일 학교에 가는 사람이
나 말고 또 있었던 것입니다

나는 직업으로
두 시간을 버스 타지만
네팔 소년은 배움의 소중함으로
산 넘고 들판을 걷고 있었습니다

예기치 않은 도움

새벽 버스를 타고
정신없이 잠에 빠져 있었는데
어떤 사람이 나를 깨웠습니다
아니! 버스가!
학교 앞 정류소를 이미 지나버렸습니다
다행히 멀지 않은
다음 정류소에서 내릴 수 있었습니다

예기치 않은 상황에서
도움을 주는 사람이 있었습니다

신창리에서 매일 같은 시간대에
버스를 타고서는
무릉 너머 출근하는 사람이었습니다

출근 버스에서 내리며

새벽 버스가
정류소 이름을 하나 하나 읽으며
아흔 세 곳
마을 정류소를 들려
드디어 무릉리에 도착했습니다

오늘 하루
유치원에서 중학교 3학년까지
한 명 한 명 이름을 부르며
122명 친구들과
눈 맞추고서
퇴근하자고 마음을 다잡습니다

아침

새벽 버스에서 내려
오늘 하루도 행복하자며
교문을 들어서는데

일찍 출근한 선생님이
운동장에서 혼자 놀고 있는,
지고이기는 놀이 규칙에 적응하지 못하여
반 아이들과 충돌이 잦은
아이를 부르자
아이가 달려와
선생님 품에 안기는 아침입니다

보기만 한 캔커피 1

올해 졸업한 친구들이 찾아 왔습니다

고등학교 개교기념일이라며

중학교 선생님들 보고 싶어서 들렀습니다

가방에서 뭔가를 꺼냅니다

캔커피입니다

이거 사려면 용돈을 아꼈을 겁니다

선생님들마다 드렸으니까요

고등학교에 가니

중학교 시절이 정말 좋았다는 걸

알게 되었다는 졸업생들에게

너희들 고등학교 졸업해서 사회인 되면

고등학교 시절이 가장 좋았다고 말할 거니까

지금 열심히 생활하라고 말해줍니다

졸업생들이 떠나간 후

캔커피를 모니터 옆에 놓고 두고두고 봅니다

캔커피는 내 취향이 아니지만

졸업생들은 무엇보다 사랑스럽습니다

보기만 한 캔커피 2

평소 신도리에서 통학 버스를 타던
민주와 연주가
통학 버스를 타지 않고
시외 버스를 타는데
엄마도 같이 탑니다
학교 공개일이어서 아이들하고 같이
학교 간다고 합니다
학교 앞 정류소에서 내려서
농협 마트에 들린다고 인사합니다
아이들에게
필요한 물건을 사주려는가 봅니다
교실을 한 번 둘러보고
아침 맞이하러 현관을 나서는데
민주 엄마가 캔커피를 내밉니다
아이들 물건을 사면서
그래도 나에게 주려고 산 모양입니다
고맙습니다

캔커피는 책상 한쪽에 놓고
오랫동안 보고 있습니다

우리는 뭐지

몇 년 살이로 전입 온 학부모님들이
학교 이야기
자녀 이야기를 하면서
좋은 점, 문제점
문제점 이야기를 하면서
때가 되면 떠날 것이라는 말을 합니다

마주 앉아 있던
마을에서 자라고 앞으로도 계속 살아갈
한 학부모님이
좋은 점, 문제점 다 좋은 말인데
우리 같은 토종들은
때가 되면 떠날 것이라는 말을 들을 때마다
우리는 뭐지? 되물을 수밖에 없다고
없다고 합니다

다양한 문화

농촌 작은 학교에
자부심을 갖고 있는 한 학부모님이
간담회 자리에서 이렇게 하소연합니다

인근 학교 학부모가
너네 학교에 다문화 학생이 많다며, 라고
말하는데
이것은 고민할 문제가 많은
학교라는 이야기인데
왜 이런 투로 말해야 하는지
너네 학교는
다양한 문화를 접할 수 있어서 좋겠네, 라는
투로 말할 수 없는 것인지
그 말을 듣고 어찌나 마음이 안 좋던지

4차 산업혁명과 학교 1
– 의문투성이

지금 배우는 지식의 70%가
학생들이 사회에 나갔을 때
쓸모없을 거라고 하는데
쓸모없을 70%의 지식은 무엇인지
그럼 쓸모없을 70% 대신 무엇을 배워야 하는지

지식 개발을 넘어 능력 개발을 해야 한다는데
그럼 이 능력은 어떻게 해야 개발되는 것인지
토론, 프로젝트, 자기주도적 활동이 정답인 것인지
수능 고득점 맞으려 시시콜콜 공부하는 이것은 무엇인지

십 년 후면 지금 직업의 50%가 사라질 것이라고
평생 일곱 번 이상 직업을 바꿀 것이라고 하는데
앞으로는 적성에 상관없이
생존하기 위해 자신을 새로운 직업에 맞추어야 하는 건지
자신을 직업에 맞추지 못하는 사람은 어떻게 될 것인지

70%, 50% 이 모든 예측이 실제 이루어질 것인지
아니면 어느 정도라도 타당한 것인지
아니면 미래를 걱정한다는 사람들이
자신의 존재 가치를 높이기 위해 만들어 놓은
엄포는 아닌지

4차 산업혁명과 학교 2
– 정해진 것들

학생들이 도전 정신을 키우고
실패하는 법을 배워야 하는데
학교가 도전적이지 않습니다
규정이니
지침이니
업무니
넘어야 할 장애물이 많습니다

정해진 교과서
정해진 평가
정해진 공간
정해진 것들이 너무 많습니다

제도권 선생인 나도
이것부터 따지고
이것이 있어야 편안합니다

4차 산업혁명과 학교 3
– 격차

힘있는 학생은
인공지능을 창조하여
슈퍼맨이 되고
힘없는 학생은
인공지능의
손발이 될 건가요

늦은 퇴근

도서관 학부모도 가고
골프교실 마을 주민도 가고
마지막으로 밴드동아리 학부모도 가고
학교 건물에 불이 꺼지면
운동장 한 켠
가로등 불빛이 아이들이 놀던
텅 빈 놀이기구를 비추고
학교 앞 적막한 거리에는
농협 자동입출금 불빛이
도시의 편의점인 마냥 동그랗게 켜진
아홉 시 넘은 시간
오랜 만에 갖고 온 자동차
시동을 켜면
전조등 불빛이
어둠 속 학교 건물을 따뜻하게 비춘다

진아영 할머니

1.

켄 로치 감독의 영화 『보리밭을 흔드는 바람』의 한 장면은 이렇다. 영국군이 아일랜드의 외딴 농가를 습격한다. 아일랜드 공화국군을 지원하는 활동을 한데 대한 보복이다. 영국군은 가족을 마당으로 끌고 나와 폭행을 한다. 딸의 머리를 자르는 등 추행을 저지른다. 그리고 집에 불을 지르고는 돌아간다. 엄마가 여기서 더 이상 살 수 없으니 마을의 친척 집에 가서 당분간 살자고 한다. 그러자 할머니는 네 살 때 아버지를 여의었지만 지금까지 여기서 살고 있다고 하면서 손자가 살해당한 닭장을 청소해서라도 살겠다고 한다. 할머니 표정은 세상의 온갖 고통이 지나간 무덤덤한 표정으로 단호하다. 딸이 반발한다. '할머니처럼 인생을 끝내고 싶지 않다고요', '나도 내 인생을 살아내고 싶다고요'라며 울부짖는다.

2.

　진아영 할머니는 1949년 1월 토벌대가 발사한 총탄에 턱을 맞고 쓰러졌다. 치료 한 번 제대로 받지 못한 채 무명천으로 턱을 두르고 다녀 이름 대신 '무명천 할머니'로 불렸다. 턱 총상으로 말도 못하고 음식도 제대로 씹지 못해 위장병을 앓아 살아도 무명(無命)과 다름없는 삶을 살다가 2004년 9월 사망했다.

3.

중학교 4.3 답사의 여정
따스한 바람이 맴도는 월령리 할머니 삶터에서
선생님 학생들과 함께 이야기를 듣고 추모합니다
마을 곳곳에 무리지어 살아있는 선인장들이

노란 꽃,
슬픈 땅의 고름을 피워내고 있습니다

4.

국가의 존재 이유를 생각했습니다
학교의 그것과 다르지 않았습니다

학교는 교실에서 모든 학생들이
성공의 경험을 자주 겪게 하여
그래도 내가 잘 하고 있구나
학생의 자존감을 높여주어야 하듯이
국가는 삶터에서 모든 백성들이
성공의 경험을 자주 겪게 하여
그래도 인생은 살아볼만한 거구나

백성의 행복감을 높여주어야 합니다

5.

무너진 자존과 행복이 창피해서
무명천으로 감싸고
그나마 남아 있는
자존과 행복마저 달아날까봐
다시 무명천으로 감싸고
다시 감싸고 감싸도
바닷가 돌틈에
해마다 고름이 노랗게 피어나고

제4부

노심초사

고병원성 조류독감
AI가 제주에서도 몇 군데 발생하여
양계장의 닭만이 아니고
학교에서 교육용으로 키우는 닭까지
살처분한다는 소식,
두 시간 후에 방역 관계자들이
학교에 올 거라는 연락,
동물농장에서 아이들의 귀염을 받으며
잘 크던 닭들이 불쌍하다며
모두의 신경이 살처분 닭들에게 가 있는데
한 선생님으로부터 온 메신저
아이들과 병아리 부화 과정을 관찰하고 있는
한 선생님으로부터 다급하게 날아온 메신저

조언 구합니다
지금 부화기에 있는 알이 전란해줘야 하는 시기는 지

나고

　금요일부터 부화할 거 같아요

　부화하기 전에 안전한 지역으로 피신시키고 싶은데

　어쩌면 좋을까요?

　아님 학교에서 그대로 부화시켜야 할까요?

　며칠 후

　선생님의 노심초사를 먹고 태어난

　신비롭고 투명한 병아리들,

　새롭게 단장한 동물농장에

　그 어느 때보다 뿌듯한 손길로

　아이들이 조심조심 입주시켰습니다

열정

여름방학 때
크게 다친 아이가 궁금해서
담임이 점심을 사준다며 아이를 찾아 갔는데
그 아이만 부르는 것이 아니라 그 누나도
거기에다 조부모하고만 생활하는
또 다른 아이와
그 아이의 오빠까지
또 거기에다 방학 바로 전에 옆 학교로 전학 간 아이도
궁금해서 불러내더니
그 뿐만이 아니고 그 오빠까지
모두 여섯 명을 초청해서
대정읍내 중국집에서 자장면과 만두를 먹고
그것도 모자라 카페에서 팥빙수까지 먹고
아이들을 데려다주고는
학교로 와서
방학 중에도 학교에서 일하는 선생님들에게

팥빙수를 건네며
무더위를 식혀주는 열정

성찰

성찰이 보통 일이 아닌데
20대 초등 교사가
자신의 교육 목표는
성찰하는 사람을
키우는 것이라고 합니다
나는 너무 거창한 목표라고 말합니다

학생들에게는 성찰이란 말을
적용해보지 않았기 때문입니다
고작해야 반성이란 말을,
학생이 잘못했을 때
무엇을 잘못했는지 깨달으라는 의미로
다시 그러면 더 큰 벌을 받는다는 압박으로
반성문을 쓰게 하는데
사용했기 때문입니다
나는 성적이 향상되는 학생

학교 규정을 잘 지키는 학생
이런 목표에 빠져 있었던 것입니다

그러고 보니
젊은 교사의 목표가 거창한 것이 아니고
어느 한편으로는
내가 그동안 왜소해져 있었던 것입니다

초임 교사

학년 초 회식 자리에서
학생들에게 성찰을 가르치고 싶다는
이야기를 해서 깜짝 놀라게 하더니

중간 통지표에 시를 담아서
학부모에게 아이들의 성장 이야기를
멋있게 선물하더니

태풍이 몰아치던 날
이른 시간에 와서 교실을 살펴보고
아이들 한 명 한 명 궁금해 하는

한 기대되는 초임 교사
꺾이지 않게

공문

학교 교육에 별로 도움이 될 것 같지 않지만
교육청에서 내려온 공문
계획을 세우고 실적 보고하라는 공문
이럴 시간과 노력이면 학생 한 번
더 보살피는 것이 좋겠다고 생각해서
공문을 묵살하고 싶지만
다음에 올 따가운 말
그래 잘 하는지 보자
학교의 자율성을 확보한다면서
공문을 묵살하고 있는데
자율성을 살려 얼마나 교육을 잘 하는지
이 따가운 시선을 이겨낼
내공이 약해서
결국 수용하고 만다

화재 경보 오작동

학기말 업무 처리로 방과후에
두 선생님이 초과근무를 하는데
갑자기 화재경보가 울렸답니다
건물은 텅 비어서
요란한 소리가 건물을 날아다니자
건물이 무너질 것 같았다고 합니다
여기저기 알아본 끝에
경보는 오작동으로 판단되고
그것은 멈추었다고 합니다
그러자 두 선생님
다시 경보가 울릴까봐 겁이 나서
초과근무를 바로 멈추고
퇴근했다고 합니다

초과근무

토요일,
선생님들이 한 학기 수업을 준비하기 위해
학교에 나와 연구하고 협의하는데
물탱크 물이 역류하여
복도에 물이 넘치기 시작했습니다
연락을 받고 급히 달려 온
시설 선생님은 원인을 찾아
물탱크를 고치려고 동분서주하고
선생님들은 쓰레받기로 물을 퍼내고 있습니다
초과근무의 삼분의 일을
물 퍼내는 데 쓰고 있습니다

상대방 이해하기

학교 운영에
문제 제기를 받았습니다
고민이 많았습니다
나의 진심을 이렇게 몰라줄까
내가 어느 과정에서 미흡했을까
더 깊고 깊어지는
고민의 끝에서
한 사람을 만났습니다
나보다 더 고민이
많은 사람이었습니다

바로
문제 제기한 사람입니다

덕치 德治

강남고속버스터미널에서 용인으로 가는 고속버스
중간 하차지 유림동에서
검표 전산 상으로는 네 사람이 내려야 하는데
세 사람만 내리고 한 사람이 내리지 않자
고속버스 기사님
몇 번 안내하다가 포기했는지 출발하면서
이번은 표를 일일이 확인하지 않지만
다음에는 그러지 마십시오,라며 안내 방송 합니다

기사님이 마음은 상하겠지만
나름대로
잘 대처하고 있다고 생각했는데
더욱 놀라운 것은

용인터미널에 도착하자마자
먼저 내려서

내리는 손님 한 분 한 분에게
안녕히 가십시오
인사를 하는 것이다
거기에는 미운 사람도 포함되어 있는 것입니다

학교에서 나는 어떤 모습일까?
작아보였다

위로

그대와 내가
같은 어려움을 겪고 있는데
밤새 잠을 자지 못했다고 이야기하는
그대 앞에서
나도 밤새 잠을 설쳤지만
나의 슬픔을 이야기하지 못했네
왠지 그대의 슬픔이 더 크게 느껴지므로
위로는 오랫동안 나의 몫이 아니므로
항상 나의 주변에는
위로를 바라는 손들이
놓여 있었으므로

한 나무 1

여기저기서
나무가 꽃을 피웁니다
한 나무,
봄이 와도
꽃을 피우지 않습니다
꽃이 안으로 피는
나무였습니다

한 나무 2

여기저기서
나무가 흔들립니다
한 나무,
태풍이 몰아쳐도
흔들리지 않습니다
콘크리트로 된
인조목이었습니다

일을 마치며

뚜벅뚜벅 걷다보니
여기까지 왔다
더 이상 기댈 곳이 없고
스스로 새로운 길을
찾아야 할 시간
돌아보면
도전의 연속이었다
힘들게 해결하면
또 다른 문제가 기다리고 있었다
기나긴 터널이었다
세월이 어두웠다는 것은 아니다
옆으로 빠져 나갈 길이 없었다는 것이다
주어진 길을
주어진 시간을
통과해야 하는 인생
물 흐르듯이 살려고 했는데
그것이 쉽지 않았다

제5부

●

　무릉까지 대부분 버스를 타고 다녔다. 가면서 두 번, 오면서도 두 번 갈아탔다. 4시간여의 시간을 의미 있게 활용한다고 시와 논어와 도덕경을 보았다. 글은 길지 않은데 생각할 내용은 많아서 적당했다. 버스가 정거장이나 교차로에 잠시 멈춘 사이에 글을 읽고 버스가 출발하면 창밖을 스치는 풍경을 배경으로 방금 읽은 내용을 음미하는 시간이 좋았다. 그러다가 잠이 들어 어느덧 목적지에 도착하는 경우가 허다했지만 말이다.

●

　학교에 출근하는 이유가, 업무를 처리하러 출근하는 사람이 아니고 사람을 만나러 출근하는 사람이라고.

●

불편함이 존중받고 있다는 느낌이 생기는, 나의 실수도 인정받고 있다는 느낌이 생기는, 내가 성장하고 있다는 느낌이 생기는 학교, 가장 힘든 아이가 편안해야 모두가 편안해진다는 그런 학교.

●

혁신은 성찰에서 시작한다. 성찰은 본질적으로 조용한 움직임을 내용으로 한다.

●

　성찰이 일회성으로 그칠 수 있다. 성찰을 하면 해결해야 할 과제가 보인다. 그 과제 해결을 위해 지속적으로 노력을 하지 않는다면 그것은 일회성이다.

●

　성찰도 능력이다. 능력의 유무는 성찰의 끝에서 자기합리화로 이어지느냐, 실천으로 나타나느냐의 갈림길에서 드러난다.

●

착각하는 경우가 자주 있었다. 성찰은 나의 몫이 아니고 상대방의 몫이라고.

●

사람을 볼 때 장점보다 단점을 많이 파악하게 된다. 우리는 자신의 단점을 많이 알고 있는 타인에게서 장점을 듣고 싶어한다. 불일치이다. 단점을 깨닫는 것은 스스로 해야 하는 어려운 일인 것이다.

●

　단점에 연연하지 말고 장점을 크게 볼 것. 열정을 갖고 교육하는 장면은 선생님마다 다르다. 중요한 것은 이것을 조화롭게 구성하는 것.

●

　장기 목표를 설정하여 단기 계획을 구상하고, 실천의 상을 마련하고 주체를 세우되 행동은 새의 눈으로 내려다보며 여유롭게.

·

    자율성이란 널널한 것처럼 보이지만 중요한 부분에서
는 아주 치밀하고 주도적이다.

·

    자율은 열정을 불러일으키고 열정은 일을 시작하게 하
고 책임은 일을 마무리하게 한다. 자율과 책임 사이에는
민주적 관계가 있다.

●

　활동의 폭, 판단의 폭이 넓은 공간에서 자발성은 싹이
튼다.

●

　자발성이 강하다는 것은 자기 주도성이 크다는 것. 자
발성이 자연의 요소라면 리더십은 자연을 거슬러 가야 하
는 것. 자연은 모순으로 가득차서 그 모순의 힘으로 움직
이고, 리더십은 구성원들의 서로 다른 자기 주도성을 조화
롭게 재구성하는 힘으로 움직이고.

●

　자발성 시스템은 일의 시도와 보람, 시도와 보람, 시도
와 보람이 계속 이어지는 시스템. 그리고 민주, 신뢰, 인정,
자율, 목표, 도전, 협력이 작동하는 시스템

●

　학교리더십을 만들어야 한다. 구성원들이 자율적으로
움직이며 각각의 자리에서 자신의 리더십을 발휘하는 문
화와 구조를 하나하나 이루어나가는 것.

●

　내가 없으면 학교가 돌아가지 않을 거라는 염려를 갖게
하는 학교 문화, 내가 없어도 학교가 잘 돌아갈 것이라는
믿음을 갖게 하는 학교 시스템.

●

　대화 상대가 지금 어떤 마음 상태인지, 나의 구상은 좋
은 것이니 당연히 동의할 것이라고 오판하고 있지는 않는
지, 진행 과정에서 예상치 못한 이해 충돌의 소지가 있지
않은지. 소통을 치밀히 관찰하고 관리해야 한다. 맹목적
인 반대는 그러지 못한 결과이다.

●

　일 자체에만 매몰되다 보면 중요한 것을 놓치는 경우가 있다. 그것은 소통의 방법이다. 내용만큼 형식이 중요한 것이다.

●

　소통의 기준은 '나'가 아니고 '상대방'이다. 내가 열심히 했다고 하지만 상대방이 안 되었다고 하면 소통의 결과가 신뢰를 만들어 내지 못했다는 것. 그러면 상대방을 탓하지 말고 상대방이 나의 생각과 행동에 관심을 갖고 신뢰할 때까지 기다려야 한다.

•

듣기가 대부분이다. 듣는 시간을 견딜 수 있는 체력, 마음의 근육을 키워야 한다.

•

'캐리비안의 해적: 죽은 자는 말이 없다'를 보았다. 잭 스패로우의 여유로움, 유머 감각, 허허실실의 리더십. 저주가 풀려야 진정한 인간으로 탄생하는 장면, 저주가 풀린다는 것은 소통이 잘 이루어져서 오해의 늪에서 빠져나오는 것.

●

　사람이 미워질 때 그 사람을 이해하려고 하자. 이해하면 증오는 사라지고 사랑하게 된다고 어느 철학자가 말했다.

●

　상대방이 날카로우면서도 속이 좁은 사람이 아닌, 날카롭지만 속이 넓은 사람이길 바랬다. 내가 긍정적 태도를 갖추지 못하면서.

●

어느 라디오 방송 대담 내용, 벤처 기업에서 중요한 것은 아이템보다 조직이라는 것.

●

우문현답. 이 말을 이렇게 풀이하기도 한다. 우리 교육의 문제점에 대한 해결책은 현장에 답이 있다. '현장'이란 단어를 학교 현실을 무시하는 교육부의 탁상행정을 꼬집는 의미로 쓰고 있다. '현장'이란 어떤 행위가 일어나고 있는 시간과 공간이다. 그렇다면 '현장'이란 단어를 '시도와 행동'의 의미로 쓸 수 있다. 시도하고 행동해야 성과와 과제가 드러난다. 우리 교육의 문제점에 대한 해결책은 현장(-시도와 행동)에 답이 있는 것이다.

●

　시도하고 행동하지 않으면 지속가능성이란 말은 덫일 수도 있다. 행정적, 재정적 지원을 받고 있는 데 이러한 지원이 끊어져도 지속가능하겠는가? 지금 열심인 사람들이 떠나도 지속가능하겠는가? …하겠는가?

●

　헌신성이란 비교해서 손해 본다는 마음을 이겨내는 것.

·

　조건을 바꾸려는 것은 헌신성을 유발할 수 있는 기반을 마련하는 것, 조건을 바꾸려는 것은 지속과 파급을 쉽게 하기 위한 것. 헌신성이란 조건에 기대면서 조건을 뛰어넘는 것.

·

　막연히 전망한다면, 예견이 실수가 되거나 또 다른 장애물이 될 수도 있다. 경험을 무시하지 말라. 성과를 냈든 내지 못했든 그것으로 다음 사람에게는 소중하다.

●

배움은 앎의 욕구와 충족 사이에서 일어난다. 가르침은 키움의 욕구와 충족 사이에서 일어난다. 행복도 마음의 욕구와 충족 사이에서 일어난다.

●

쫓기듯이 하지 말고 수업을 디자인하는 것. 수업에 완성형은 없다. 완성형을 향한 탐구와 상상과 실천만이 있을 뿐. 매뉴얼은 이미 수업의 화석이다.

●

　상대방이 좋은 모습을 보일 때, 자존심이 센 사람은 그
것을 낮추어 또 다른 단점을 부각시키려 하고, 자존감이
높은 사람은 그것을 그 자체로 인정하여 자신의 발전의 동
력으로 삼으려 하고.

●

　물 흐르듯이 가자. 물이 흐르려는 본성으로 바위를 만
나면 빙 돌아서 가고, 웅덩이를 만나면 잠시 고였다 가듯
이 나는 나의 본성으로 지금을 열심히 하면 어느 곳에 도
달해 있을 것이다.

·

　논어에, 배움이 위기지학爲己之學인 경우와 위인지학爲人之學인 경우를 말하며 전자가 소홀해져 가는 세태를 아쉬워하는 내용이 나온다. 여기서 '배움'을 '행동'으로 옮기면 위기지행爲己之行과 위인지행爲人之行이다.

·

　개혁의 대상이 되다보면 불신은 커지고 긍정의 힘은 사라져 간다. 개혁의 전달자가 되다보면 보신주의만 커지고 공감의 힘은 사라져 간다. 개혁의 주체자가 아니라면.

●

　'장사는 이익을 남기는 것이 아니라 사람을 남기는 것이다.' 어느 타이어 교체 상점에 달려 있는 광고 문구다. 장사하면서 이익만큼 신용을 중요하게 여긴다는 뜻이겠다. 기업체에서 혁신을 말한다. 새로운 방식으로 이익의 극대화를 이루는 것이다. 학교에서 혁신을 말한다면, 사업을 남기는 것이 아니라 사람을 남기는 것이다.

●

　성장에 초점을 맞추어 이야기 하자. 수단이 아닌 목적으로 여길 때 이야기가 된다.

●

수단으로 삼지 않는 것은 그 사람과 공감대를 형성하는 것, 김종삼의 시 '묵화'에서 할머니와 소가 서로 적막하다 며 쓰다듬는 것.

●

시계를 천천히 돌리자 피로가 보였다. 아픔의 뒷모습 이 보였다.

날마다 새롭게

최관의(작가)

누구나 봄, 여름, 가을, 겨울을 만나고 겪지. 같은 계절을 만나는데도 거기에서 무엇을 받아들이는지는 사람마다 다르더라고. 같은 계절을 만나는데 다르다니. 계절을 만나는 거나 사람을 만나는 거나 같은 거란 생각이 들어. 시인은 4년 동안 혁신학교에서 내부형교장으로 역할을 하면서 마음에 들어온 이야기를 시와 단상으로 가꾸어 왔어. 마음에 들어와 글로 거듭난 이야기.

지금부터 써 내려가는 글은 김규중 시인의 시집 『2학년과 2학년 사이에』를 읽으며 시인의 글을 되새김질하고 삭히다 솟아오른 내 이야기야. 나도 시인처럼 혁신학교에서 여덟 해째 아이들, 학부모와 지지고 볶으며 지내고 있거든.

지금은 내부형교장(서울율현초등학교)으로 역할을 하고 있어. 그 경험이 녹아 나올 거야. 하지만 시집에 담겨 있는 시인의 뜻을 충분히 느끼며 정확하게 읽어내고 있다고 큰소리칠 자신은 없어. 그냥 내 나름대로 정성껏 해볼 뿐이지.

살다 보니 '네 마음을 알겠어.' 또는 '글의 뜻을 정확히 파악했어.'라는 말을 함부로 해서는 안 되겠더라고. 그런 말을 가볍게 하다가는 다른 이의 삶에 내 생각과 판단을 덧씌워 아프게 하는 일이 벌어져. 난 어린 시절 엄마와 내가 한마음 한몸이라고 믿고 살았어. 그렇게 살다 엄마가 큰병에 걸려 헤어질 날이 얼마 남지 않았다는 사실을 받아들이는 순간 문득 깨달았어. 사랑이란 이름으로 엄마에게 내 생각을 덧씌우며 살아왔다는 것을. 엄마도 나처럼 어린 시절과 젊은 시절이 있었으며 이루고 싶은 꿈과 누군가를 사랑하는 마음이 있다는 것을 이해하려 노력하지 않았어. 한 사람이 아닌 그저 내 엄마로만 본 거야. 스물세 살에야 그걸 깨달았어. 돌아가시기 1년 남짓 남겨 놓고야 그걸 깨닫다니.

그 뒤로 마음이 자연스럽게 흘러가는 길을 틀어막는 뭔가가 내 가슴에 자리 잡고 나를 괴롭히기 시작했지. 사람을 만나거나 음식을 먹을 때 그리고 책을 읽거나 영화를 볼 때마다 마음의 흐름을 방해하는 이 답답한 벽이 따라다니는 거야. 엄마의 마음을 깜깜하게 몰랐고 놓쳤던 것처럼 내가 아무리 발버둥쳐도 결국 글쓴이의 마음에, 내가 좋아하는 사람의 마음에, 일어난 일의 진실에 다가갈 수 없고 내겐 그럴 능력이 부족하다는 생각이 늘 따라다녔지.

김규중 시인의 시집에 글을 실어 달라는 부탁을 받은 순간이 엄마와 얽힌 아픔이랄까 가슴을 답답하게 막고 있는 기운을 풀어 쓴 "어린 시절 이야기"를 마무리하는 세 번째 책의 원고를 출판사에 넘길 때였지. 어린 시절 이야기를 글로 풀어내고 나니 내 가슴을 답답하게 누르고 있던 기운이 조금씩 녹아내린다는 느낌이 들더라고. 바로 이때 김규중 시인의 글과 인연을 맺게 된 거야.

시를 읽으며 시인의 마음과 놓여 있는 자리에 조금이라도 더 깊이 들어가려고 했어. 몇 번씩 읽고 좋은 문장을 되뇌고 새기며 잠자리에 들기도 하고 차를 타거나 걸으며 내 마음에 들어온 글을 되새김질했어. 그러면서 느낀 것을 편안하게 쓰려고 해.

교장 샘이
아침 먹고 왔냐고 물어본다
오늘은 밭에서 먹고 왔어요
- 왜 밭이지???

계속 궁금해 하신다

……

끈질기게 물어오는데 지각 때문에 바로 들어가버렸다

자꾸 물어보는 거 보니

마늘농사에서 '마' 자도 모르는

교장 샘이네

– 「마늘 농사 1 - 아침맞이」 부분

나도 아침마다 학교 정문에 서서 아침맞이를 하지. 유치원까지 하면 약 천백 명의 아이들을 맞이해. 가끔 교문에서 만나는 아이들을 보며 아침을 먹고 왔나 안 먹고 왔나 나 혼자 맞히기를 하지. 짧은 시간 동안 아이에게 말 걸기 좋은 이야깃거리 가운데 하나가 밥 이야기거든.

걸음걸이, 눈빛, 표정, 몸에서 나오는 기운 따위를 스치듯 순식간에 보고는 마음속으로 결정해. 먹었다, 안 먹었다. 그런데 1/3 정도는 맞고 나머지는 틀려. 겉모습만 보고 판단해볼 만한 건데도 이렇게 많이 틀리네. 그런데 마음 속 흐름을 안다? 더구나 아이들마다 갖고 있는 집안 사정이나 집안의 문화, 아픔과 기쁨까지 미루어 짐작한다는 건 거의 불가능해. 더구나 담임도 아니고 그 많은 아이들을 겉모습이나 몸짓만 갖고 판단한다는 것은 도저히 엄두를 낼 수 없어.

난 아이들에 대해 알고 있지 못해. 다만 알아보려 노력해 볼 뿐이야. 아이를 만나자마자 내 안에서 솟아오른 말을 끄집어내 아이에게 건네는 까닭은 내 마음의 끈을 아이에게 걸쳐 거리를 좁히려는 거야. 조금이라도 거리를 좁혀 너와 나의 외로움을 덜어내고 힘내서 함께 살아가자고 손을 내미는 거지. 서로 외롭고 힘드니까. 그래서 시인도 마늘 농사의 '마' 자도 모르면서 자꾸 말을 거는 거야.

오늘도
교장 샘이 교문에서
나를 맞아준다
전에는 큰 건물이 나를 삼키는 것 같았는데
샘이 맞아주니
내가 건물을 끌어당기는 것 같다
- 「학교 건물 - 아침맞이」 전문

새 학년도가 시작되는 3월이면 교문 앞에서 울먹이며 학교에 안 가겠다는 아이들이 있어. 때로는 신입생이 아닌데도 학교에 가는 게 힘에 겨운 아이들이 꽤 있지. 그러는 사정이 아이들마다 다 달라 문제를 풀어가는 방법도 그만큼 어렵고. 요즘 들어 심리전문가의 힘을 빌려 가며 도와줘야

106

하는 아이들 비율이 점점 높아지고 있어. 겉으로 드러나지 않아 그렇지, 적지 않은 아이들이 그런 어려움을 안고 살아가고 있지. 이런 사정을 알고 있기에 나도 아침맞이하며 이런저런 시도를 해 오고 있어. 『작은 책』(2020년 10월호)에 "교장일기"라는 제목으로 연재한 글 가운데 등교가 어려운 아이에 대한 나의 이야기를 읽어보자고.

오늘 아침엔 뭐 먹었어?

아침 8시 20분, 느릿느릿 힘없는 걸음걸이로 학교 현관을 향해 혼자 걸어오는 한 아이가 내 눈에 들어와. 야위었다고 할 정도로 마른 몸매에 긴장감 가득한 얼굴과 몸짓이 내 마음을 끌어당기는 거야. 가까이 다가갔지.

"어서 와요. 1학년?"

돌아오는 말이 없어.

"난 교장 선생님이야. 반갑다."

반응이 없어. "네."라든가 "안녕하세요?"라든가 "교장 선생님!"하든 아니면 그냥 웃으며 눈인사라도 하겠거니 하고 말을 걸었지만 고개만 살짝 들어 나를 바라봐. 눈빛이 우울하다고까지 말하긴 그렇지만 힘, 그러니까 1학년 아이들이 갖고 있는 생기발랄함과 거침없는 장난기 같은 밝은 기운이 안 느껴져.

하루는 1층 교장실 맞은편 화장실에 다녀오는 녀석 뒷모습을 봤어. 어디로 가나 보니 1층 돌봄 교실로 들어가네. 며칠 뒤 가방을 메고 돌봄 교실에서 교장실 쪽으로 걸어오는 녀석이 보이기에 서서 기다렸지.

"집에 가는 길이야?"

아무 말도 안 해. 그렇다고 쌀쌀맞거나 못 들은 척하는 건 아니고 그냥 반응을 안 보일 뿐. '어쩐지 마음이 자꾸 끌린다 했다. 내가 보기는 잘 봤네. 나랑 조금 더 인연을 맺어보자.' 내 앞을 지나 몇 발자국 걸어간 녀석 뒤에다 대고 정겨운 목소리로 크게 소리 질렀어.

"잘 가."

또 며칠 뒤 지난번처럼 가방 메고 돌봄 교실에서 나오는 녀석이 내 눈에 들어왔어. 가까이 오길 기다리지 않고 큰 소리로 말을 걸었지.

"와! 우리 또 만났네. 집에 가는 거야?"

이번에도 지난번처럼 잠깐 걸음만 멈칫하고는 그냥 내 앞을 지나쳐.

"내일도 여기서 또 만나면 좋겠다. 잘 가."

별다른 반응을 보이지 않는데도 서운하지 않고 오히려 자꾸 정이 가. 그 누구에게서도 느껴본 적 없는 그런 기운을 주는 아이야. 그 뒤로도 만날 때마다 말을 걸었지만 늘 비슷해. 목소리를 못 들어 봤어. 달라진 거라면 아주 조금 표정이 밝아지고 나를 바라보는 눈빛이 살짝 더 편안해진 정도.

교문 아침맞이 때 말은 걸되 녀석이 대답 안 해도 되는 말을 골라하기로 했어,

"오늘 기분 좋아 보인다.", "우리 어제도 만나고 오늘도 만나네.", "너 보라색 좋아하니? 책가방도 보라, 손가방도 보라. 나는 보라색 도라지꽃 좋아하는데."

한 번은

"머리끈 누가 골랐니?"

했더니 모기만 한 목소리로

"제가요."

하고 대답하는 거야. 그래서

"너 눈이 높구나. 물건 고르는 솜씨가 보통이 아니야. 부럽다. 난 내 물건을 잘 못 골라. 한참 걸려."

하고 내 솔직한 말을 했더니 배시시 웃으며 가.

이제 대답을 안 하고는 못 배기는 질문을 시작했어. 아침밥 질문. "넌 오늘 아침에 뭐 먹었어?" 그때마다 낱말로 된 짧은 답을 해. "밥", "김치", "우유" 등. 그러다 한 단계 높였지.

"너 이제 교장 선생님이 과제, 숙제 내줄게. 나 만나면 아

침에 뭐 먹었는지 이야기해줄 준비해 오기. 내가 물으면 얼른 대답하기다."

하고는 다음 날 아침 잊지 않고 보자마자 물었지.

"어제 이야기한 거 생각나? 말할 준비해. 이제 물어본다. 정말 물어본다. 정말이라니까."

내가 하는 짓이 너무 웃기나 봐. 활짝 웃는 거야. 하긴 내가 생각해도 내가 하는 짓이 우습기는 해.

"너 웃는 얼굴 너무 보기 좋다. 내 기분이 다 환해져. 최고다. 참, 물어봐야지. 준비해. 물어본다. 진짜다. 오늘 아침엔 뭐 먹었어?"

"콩나물국, 김치, 불고기. 국에 말아 먹었어요."

드디어 말을 길게 하기 시작했어. 눈빛과 표정으로는 처음보다 훨씬 더 많은 이야기를 내게 던지고 있는 거야.

하루는 교장실 문을 열고 나오는데 녀석이 같은 돌봄 교실 아이들 대여섯 명과 무리지어 교장실 앞을 지나가고 있더라고.

"점심 먹고 오는 구나. 다들 맛있게 먹었어? 난 이제 먹으러 가는데."

아이들이 무리지어 내 앞을 스쳐가는데 그때 녀석과 눈이 마주쳤어. 이 순간을 놓칠 수 없지. 난 고개를 살짝 끄덕이며 '우리 특별한 사이지?'하는 눈빛을 지었어. 환하게 웃으며 내 앞을 지나 걸어가다 걸음을 멈추고는 내 쪽으로 몸을 돌리는 거야. 그리고는 막 뭐라고 말을 하려고 하는 게 아니겠어. 기다렸지. 내가 물어보지도 않았는데 하고 싶은 말, 입에서 뱅뱅 맴돌며 목구멍 넘어 나오려는 말은 무엇일까. 말이 터져 나오려는 입을 보며 기다렸는데 녀석은 다시 몸을 돌려 돌봄 교실로 가는 거야. 마음 같아서는 "오늘 아침엔 뭐 먹었어?"하고 말을 걸고 싶었지만 아이들 보는 앞에서 유난 떠는 게 마음에 걸려 그만뒀어.

하고많은 이야깃거리 놔두고 하필이면 아침밥이냐고? 누구나 쉽게 대답할 수 있고 가장 중요한 건 아침에 뭘 먹었는지 아이와 이야기하다 보면 집안의 문화, 심리적 환경, 특히 애정을 주고받는 분위기를 어느 정도 알 수 있거든. 안 먹으면 안 먹는 대로, 먹으면 먹는 대로. 말 한 마디 안 하는 아이 말문을 트게 하는 데 알맞아. 한마디도 안 하다 낱말 몇 개로 말문을 트고 나중에는 말을 안 걸어도 먼저 다가와 입을 열 수 있다면 마음속에서는 어마어마한 변화가 일어난 거야. 선생님과의 관계를 풀어갈 힘이 생겼다는 것은 또래들과 관계를 맺으면서 살아갈 힘이 생기고 있다는 걸 뜻하거든. 이런 큼직한 변화를 녀석에게 일으켜 보려고 그러는 거야.

여름방학 이후 녀석을 통 못 만났어. 그날 녀석이 하려고 한 말이 무엇이었을지 궁금해. 다시 만나면 물어볼 거야. 이렇게.

"너 그날 나한테 하고 싶은 말이 뭐였어? 말하려다 만 네 모습과 표정이 자꾸 생각났거든. 나 아무래도 너를 좋아하나 보다."

무릉학교에서 녹남봉 가는 길
수선화 피어 있다
풀숲과 돌담 옆에
외따로 또는
서너 뿌리 어깨 대며 고개를 들고 있다

도원리 들판을 달려온
바닷바람이
수선화 주변을 맴돌며
수선화를 눕혔다 일으켰다 파르르 떨게 하다가
무릉리로 불어간다

유달리 바람 많은 고장에서
두 팔을 벌려
바람과 맞부딪치며 운동장을 누비는

무릉학교 아이들

얼굴이 빨갛게 달아오른다

−「바람과 아이들」전문

　처음에는 3연의 "무릉학교 아이들 얼굴이 빨갛게 달아오
른다"가 눈에 들어왔지만 되풀이해 읽고 글을 새기면 새길
수록 "유달리 바람 많은 고장에서"가 마음 깊이 들어오네.
나고 자란 곳이 제주도, 그러니까 제주도가 시인의 고향인
거지. 눈, 코, 귀 등 온몸으로 다가오는 바다, 그 바다에서 불
어오는 바람. 바람은 시인이 고향 제주에서 태어나 살아오
는 동안 만나고 겪은 모든 것을 담고 있겠다 싶어. 지금 이
곳 제주에서 자라고 있는 아이들에게 와닿는 모든 것을 이
야기하고. 제주도에서 "바람과 맞부딪치며", "풀숲과 돌담
옆에서 외따로 또는 서너 뿌리 어깨 대며" 자라고 있는 아이
들 모습이 사랑스러우면서도 조금은 안쓰럽고.

　우연과 필연이 빚어내는 게 인생이라고 하지. 씨앗이 어
디에 터를 잡았느냐, 언제 잡았느냐에 따라 살아가는 모양
새가 완전히 달라져. 살아가는 데 필요한 걸 골고루 알맞게
갖춘 흙에 자리 잡은 제비꽃이 있어. 그런데 그늘이야. 어
째. 어떤 제비꽃은 양지에 떨어졌어. 그런데 왕복 8차선 길
가 보도블럭 틈새네. 기름지고 양지인 흙에 떨어져 신나게

자라고 있는데 이건 또 무슨 일? 밭이랑 주인이 호미로 뽑아내게 생겼네. 이래도 걱정, 저래도 걱정.

학교에서 아이들 만나 지내다 보면 아이가 갖고 있는 것을 마음껏 펼치며 살기에 딱 좋은 환경에 사는 아이는 없더라고. 사람만 그래? 세상에 있는 모든 것이 다 그렇다는 생각이 들어. 그래서 그럴 때 필요한 것이 시인처럼 그 어려움을 공감하고 아파하며 응원하는 마음으로 곁에 머물러주는 사람이 필요해.

언젠가 『엄마 마중』이란 그림책을 갖고 하는 그림책 연수에 참여한 적이 있어. 주인공 어린아이는 "우리 엄마 오우? 우리 엄마 오우?"하고 물으며 추운 겨울날 초저녁부터 해지고 땅거미 깔리는 시간까지 전철 정거장에서 애타게 엄마를 기다려. 장에 다녀오마고 떠난 엄마를. 차가운 겨울바람이 부는 정거장에는 이제 사람마저 없고 아이 혼자 달랑 남아. 이 장면에서 강사 샘이 물어보더라고. 이럴 때 어떻게 하겠냐고. 어떤 이는 장갑을 끼워주고, 어떤 이는 목도리를, 어떤 이는 따스한 먹을 거를 줘. 나? 나는 그냥 아이에게서 조금 떨어져 서 있기로 했어. 아이 곁에 머물러 있기.

제주도 바다에서 불어오는 바람 맞으며 얼굴이 불그레하도록 뛰어노는 아이들을 바라보는 시인의 마음이 아이들에게 전해질까? 눈이 마주쳐 그 애틋한 마음을 느끼면 그거야

말로 복이고 축복이지. 하지만 몰라도 돼. 그런 기운이 사
방팔방 퍼져 있으면 그 기운이야말로 봄날처럼 눈 녹이고
꽃 피우는 힘이 있거든. 누가 그런 봄기운을 가져오는지 모
르지만 여하튼 아이들 사는 세상을 더욱 따스하게 만들고
아이들이 마음껏 자기를 자기답게 펼치며 살아가게 할 거
니까. 누구 하나가 톡 도드라지게 떠올라 아이들을 사랑하
는 것보다 누군지 알 수는 없지만 헤아릴 수 없이 많은 이들
이 봄기운처럼 아이들 곁에 머물러 있으면 그곳이 곧 새로
운 세상이니까. 아이들이 행복한 꿈같은 세상.

    습관적으로 아이들을
    만나지 않게

    오늘의 아이는 어제의 아이와 다르고
    내일의 아이는 더 이상 오늘의 아이와 같지 않고

    그러기 때문에
    매일 매일 새롭게 만나서
    숨어 있는 가능성을
    세심히 살펴볼 수 있게

새롭게 만나기 위해
내가 먼저 새로워지게
−「새롭게」 전문

"습관적으로 아이들을 만나지" 않으려 하지만 자꾸만 습관이란 틀에서 뱅뱅 도네. 아이들을 "매일 매일 새롭게 만나서 숨어 있는 가능성을 세심히 살펴볼" 힘이 내게 있다면 얼마나 좋을까? 아이들이 자기답게 자라도록 도와줄 수 있으니.

아이들과 지내다 보면 우아하고 좋은 말만 하나. 세상살이처럼 온갖 일이 다 일어나는 곳이 교실이고 그 안에서 아이들과 지지고 볶으며 살다 보면 다툼과 갈등이 끊이지 않아. 배우고 읽고 주워들어 알고 있는 대화법, 심리적 원리, 어린이 발달 특성 등을 바탕으로 지혜롭게 풀어가면 좋지만 그러지 못 할 때가 훨씬 많아. 내 몸에 스며들어 있는 본능과 습관에 따라 야단치기도 하고 잔소리도 하고 거칠게 말해 아이를 아프게도 하고.

그러고는 머리가 맑아지는 새벽이나 아침이면 아이들과 지내며 내가 한 교육적이지 못한, 덜 지혜로운 말과 행동이 떠올라 후회하지. '으이그, 좀 여유롭게 녀석을 받아들여야

116

했는데. 내 말투에 가시가 돋아 있으니까 그놈이 거칠게 나오지. 사춘기 애들하고 살면서 그 정도도 소화 못 하냐?' 하다가 '내가 부처냐? 거친 말투에 우아떠는 게 더 이상하지.' 온갖 생각에 뒤척이다 '출근하면 부드럽게 잘해 주자. 마음의 상처를 보듬고 풀어줘야지. 그래도 내가 선생인데.'하고 마음 추스르며 출근해.

아침에 미안한 마음이 들어 더 잘해 주자고 다짐하며 교실에 와 보니 어제 내게 잔소리 들은 아이는 멀쩡해. 어제 무슨 일이 있었냐는 해맑은 얼굴로 애들과 신나게 놀고 있지. 내 속은 아직 안 풀렸는데. 마음 같아서는 뭐라고 한마디 하고 싶지만 그 순간 저 밝은 기운이 확 사라지겠지. 어제 혼나고 잔소리 들었다고 나처럼 밤새 끙끙 마음 앓다 아침에 우울한 얼굴, 심각한 얼굴로 온 것보다 훨씬 낫다는 생각, 고맙다는 생각이 들어.

나는 어제에 매달려 있고 아이는 오늘 지금 이 순간을 맛있게 느끼며 즐기고 있어. 아이는 새날을 맞아 설레는 마음으로 마음껏 즐겁게 지내며 자기만의 삶을 살아가고 있는데 나는 어제에서 못 벗어나 지금 이곳의 삶을 흘려보내고 있는 거야. 아침을 새롭게 맞이하는 아이의 마음으로 어제의 문제를 풀어가면서 아이가 갖고 있는 밝은 기운, 가능성을 읽어내는 데 힘을 써야 하는데 말이야.

성찰이 보통 일이 아닌데
20대 초등 교사가
자신의 교육 목표는
성찰하는 사람을
키우는 것이라고 합니다
나는 너무 거창한 목표라고 말합니다
……
나는 성적이 향상되는 학생
학교 규정을 잘 지키는 학생
이런 목표에 빠져 있었던 것입니다

그러고 보니
젊은 교사의 목표가 거창한 것이 아니고
어느 한편으로는
내가 그동안 왜소해져 있었던 것입니다
　-「성찰」부분

　내 눈에 씌운 콩깍지! "성적이 향상되는 학생, 학교 규정
을 잘 지키는 학생"을 키워야 한다는 믿음.

언제부턴가 나 자신에게 약속한 게 있어. 우리 반 아이들 이름을 적어도 한 번 이상 떠올리고 교실에 들어서기. 몸이 아프거나 마음이 흔들리는 날도 거르지 않고 이름을 외운다는 게 만만치 않지만 담임하는 동안 멈추지 않았어.

아침마다 아이들 이름을 몇 번 되뇌고 만나면 챙겨야 할 것을 조금이라도 덜 놓칠 수 있겠다는 단순한 마음에서 시작했지. 하지만 생각했던 것보다 아침마다 출근길에 아이들 이름을 외우는 게 아이들과 살아가는 데 큰 힘이 되더라고. 날이 갈수록 아이들 한 명 한 명에 대해 떠오르는 내용이 점점 늘어나고 놓치지 않고 챙겨야 할 것도 또렷해져. 첫인상, 부모와 상담한 내용, 삶의 역사, 눈에 띄는 행동이나 특징, 나와 주고받은 말, 학습 태도나 능력 등은 말할 것도 없고 하루하루의 삶 속에서 일어나는 온갖 사연이 이름을 되뇌는 순간 떠올라. 아침마다 이렇게 마음의 준비를 하고 만나니 아이들은 더욱 가깝게 다가오고 하는 말이나 행동에 대해 민감하고 적절하게 반응하게 돼.

또 한 가지 큰 도움을 주는 게 있어. 아이들을 바라보는 시각에 대해 열린 마음으로 살피고 다듬어 가도록 이끌어 주는 거야. 언젠가 한 번은 아이들 이름을 외우다 보니 문득 몇몇 아이들 이름을 떠올릴 때는 유별나게 기분이 좋아진다는 걸 깨달았어. '이 아이들을 나도 모르게 더 좋아한다는 건데. 왜 그러지?하며 이 아이들에게 유독 좋은 감정이 생기는 까닭을 살펴봤어.

내가 좋아하는 아이들은 대체로 이런 아이들이더라고. 남을 배려하고 따스한 기운을 내뿜는 아이, 동무들과 말썽 일으키지 않고 잘 어울리는 아이, 지각하지 않고 준비물 꼼 꼼하게 챙겨오는 아이, 공부를 잘하는 아이. 한마디로 줄인 다면 담임이 신경 쓸 게 별로 없고 오히려 학급 운영에 보탬 이 되는 아이들이야.

솔직히 이런 아이들은 내가 덜 챙겨도 알아서 클 힘을 갖 고 있거든. 그런데 무의식적으로 더 많은 애정을 주고 있다 니! 거꾸로 내 손길이 더 필요하고 절실한 아이들에게 덜 마 음 쓰고 있을지도 모른다는 걱정이 생기더라고.

이렇게 나도 모르는 사이에 습관적으로 아이들 특징을 읽어내는 것, 바로 이것이 내 눈에 씐 콩깍지라는 생각이 들 어. 이 콩깍지에서 벗어나 심청이 아버지 눈 뜨듯 맑은 눈으 로 아이들을 볼 수 있으면 좋겠어. 날마다 출근길에 아이들 이름을 외울 때 넓고 깊은 눈으로 아이를 읽어내고 아이 속 으로 푹 젖어 들어가고 싶어. 아이들을 "새롭게 만나서 숨 어 있는 가능성을 세심히 살펴볼" 힘을 기르는 게 삶의 중요 한 목표 가운데 하나야.

앞으로 얼마 남지 않은 교직 생활 동안에 다시 담임 역할을 하게 되면 아침마다 아이들 이름을 외우며 출근할 거야. 내가 좋아하는 관점으로, 내 처지에서, 내가 필요하거나 간절히 바라는 것을 바탕으로 아이를 읽어내지 않고 있는 그대로 보려고 노력해야지. 적어도 전깃불 스위치 누르듯 영혼 없이 습관적으로 대하지 않기 위해 열린 마음으로 다른 사람의 말에 귀 기울이고 배우는 자세를 잃지 않으려고 해.

드디어 무릉리에 도착했습니다
오늘 하루
유치원에서 중학교 3학년까지
한 명 한 명 이름을 부르며
122명 친구들과
눈 맞추고서
퇴근하자고 마음을 다잡습니다
－「출근 버스에서 내리며」 부분

날마다 "한 명 한 명 이름을 부르며 122명 친구들과 눈 맞추고서 퇴근"하면 어떤 일이 벌어질까? 아이들 마음에 물보라가 일어나거나 무지개가 피거나 동트듯 환해지거나 움츠러든 기운이 기지개를 켜겠지. 꽃이 필 수도 있고.

점심시간에 밥 먹다 아이와 눈이 맞았어. 식판에 담긴 밥을 먹다 나랑 찌릿하고 눈이 맞은 거야. 어른이라고 어려워하지 않고 환하게 활짝 웃네. 밝고 편안하고 자연스런 저 표정. 내 몸과 마음이 다 환해지면서 골치 아픈 문제나 걱정거리가 스르르 녹아내려. 지금 내 표정도 저 녀석처럼 밝고 환한지 모르겠네. 내가 좋은 기운을 줘서 저 녀석이 답례를 한 건지, 저 녀석 기운을 받아 내가 밝아진 건지 궁금해.

눈으로 기운을 주고받으며 우리는 눈 깜짝할 사이에 마음을 나누었어. 이거야 말로 교육에서 말하는 상호작용이지. 느낌, 생각, 자극을 주고받는 상호작용. 말은 한마디도 안 하고 눈만 찌릿하고 맞았을 뿐인데 아이와 나 사이에 변화가 일어났어. 몸과 마음이 환해지고 서로 가까워지는 행복한 변화! 우리 두 사람에게서 일어난 이 변화는 세상 사람들이 그리 중요하게 여기는 지식 몇 개 가슴에 담는 것과 비교하면 어느 정도 값어치가 있을까? 난 이런 경험이 쌓이고 쌓여 '자아'를 만들어가고 살아갈 힘을 준다고 믿어. 땅에 두 발을 단단하게 딛고 세상을 누비며 자기 삶을 열어갈 힘 말이야. 배우고 깨달아 세상 사람들과 어울리며 함께 살아갈 힘!

눈이 맞으면 엄청난 에너지가 나오더라고. 남녀가 눈이 맞으면 새로운 세상이 활짝 열리잖아. 원하는 사람과 눈이 맞으면 좋지만 그게 말같이 쉽지 않아. 그 대신 눈 맞은 사이처럼 뜨거운 사이가 되고 싶어 이름을 부르지. 김춘수 시인은 "꽃"이란 시에서 "내가 그의 이름을 불러 주었을 때 그는 나에게로 와서 꽃이 되었다."라고 했어. 이름을 부르는 순간 난 너에게 너는 나에게 실 하나를 걸치는 거야. 마음을 이어주는 실오라기 하나를. "나 너한테 관심 있어." 하고 고백하면서.

마음이 이어져 있다고 느낄 때 힘이 나고 사는 맛이 나. 서로에게 비쳐지는 모습을 보며 나를 만들어가지. 너는 나의 거울이고 나는 너의 거울이야. 내 말을 듣고 네가 숨넘어가게 웃고 울고 손뼉을 치고 감동할 때 나는 내가 살아 있다는 걸 느끼거든. 내가 네게 의미 있는 사람이라는 걸 알 수 있어. 네가 나를 받아들이고 소중하게 여기는 걸 느끼는 순간 가슴이 뛰고 세상에 무지갯빛이 어려. 이런 걸 존재감이라고 하지. 자존감이 쑥쑥 자라. 너는 내게 나는 네게 꽃이 되는 거야. 이름을 부르고 눈을 맞추고 말을 주고받으며 서로 새롭게 태어나고 거듭나는 거지.

가방에서 뭔가를 꺼냅니다
캔커피입니다
이거 사려면 용돈을 아꼈을 겁니다

......

졸업생들이 떠나간 후

캔커피를 모니터 옆에 놓고 두고두고 봅니다

－「보기만 한 캔커피 1」부분

마음을 끄집어내 보여줄 수도 없고……. 끄집어내지 못
한 그 마음이 담긴 선물 캔커피! "졸업생들이 떠나간 후 캔
커피를 모니터 옆에 놓고 두고두고 봅니다."

"선생님! 저 민수예요. 다른 게 아니라 전해드릴 게 하나
있어서요. 딱 십 분이면 돼요. 학교로 찾아가도 될까요?"

고등학교 마치고 막 대학교 들어간 제자에게서 온 문자
야. 3월 학기 초라 바쁠 때이지만 '뭔가를 전하고 싶은 게
있구나.' 싶어 약속을 잡았어. 당연히 합격하리라 기대하
고 있던 학교에 불합격되어 가라앉아 있던 녀석과 얼마 전
학교 앞에서 점심을 먹었지. 만나 보니 염려했던 것보다 밝
고 힘이 넘쳐 다행이다 싶었는데 오늘은 내게 전해줄 게 있
다? 뭘까?

"똑똑!"

조심스럽게 두드리는 소리에 문을 여니 민수가 케이크인
듯싶은 것을 들고 문 앞에 서 있네.

"선생님! 파이 좋아하세요? 파이 케이크 샀어요?"

"네가 뭔 돈이 있다고 사냐. 내가 뭐라 했어? 돈 벌이 할 때까지 먹을 건 내가 사고 나중에 더 늙으면 그때 사라 안 했냐. 으이그."

"샌드위치 가게에서 알바해서 번 돈으로 샀어요. 선생님 생각나서요."

순간 지난번 점심 먹을 때 하던 말이 생각나 마음이 애잔해져.

"요즘 샌드위치 가게에서 알바해요. 사 먹을 땐 몰랐는데 정말 힘들어요. 몇 번 그만둘까 하다가 참고 한 게 한두 번이 아니에요. 다리도 아프고 허리도 아프고. 돈 버는 게 힘든지는 알았는데 이렇게 힘든 줄은 몰랐어요."

민수 얼굴을 눈여겨봤어. 새삼 많이 컸다는 생각이 드네. 6학년 때 담임으로 만났어. 해야 할 일은 스스로 알아서 하고 장애가 있거나 힘든 녀석 있으면 편안하고 따스한 마음으로 도와주는 밝고 활기찬 왈가닥. 영화 겨울 왕국 OST "Let IT GO!"를 복도고 운동장이고 고래고래 노래 부르고 다니던 모습이 선해. 복도나 교실에서 하도 큰 소리로 노래 부르기에 싫은 소리를 몇 번 했지만 그때마다 노여워하긴 커녕 까르르 숨넘어가게 웃는데. 그새 커서 저 어린 손으로 온종일 샌드위치 만들고 매장 관리해 번 돈으로 케익을 사오다니. 제자가 사온 거라고 자랑하며 선생님들과 같이 나누어 먹었어.

"태어나 처음 일해서 돈을 받았는데 선생님 생각이 나는 거예요. 그래서 샀어요."

"부모님 드릴 거 샀어?"

"그럼요."

"고맙기는 하다만 네가 힘들 게 일해서 번 돈이라 마음이 그렇다. 그래도 좋다."

자식이든 제자든 아이가 커서 번 돈으로 뭘 사오면 좋으면서도 마음 한쪽이 애잔해. 세월 가는 게 안타깝고 고생하는 모습이 눈에 아른거려 안쓰럽고.

마음에 담아 놓은 선물 몇 가지가 있어. 시간이 가도 자꾸 떠오르는 선물.

'당뇨 후유증으로 앞을 못 보는 할머니와 살던 준수. 엄마는 아기 때 집을 나가 얼굴도 모르고 아버지는 날마다 술에 절어 살다 아버지마저 돌아가셨지. 이런 준수를 입양시켜 데리고 살던 고모가 졸업식 날 내게 건네준 자주색 잠바'

'사춘기를 심하게 앓아 의욕을 잃고 무기력해져 늘 수업에 늦고 날카로운 말로 마음 아프게 하는 민석이. 그런 아들 품고 다독여줘 고맙다며 4년이나 지난 고1 때 부모님이 사 보낸 견과류 선물세트'

진아영 할머니는 1949년 1월 토벌대가 발사한 총탄에 턱을 맞고 쓰러졌다. 치료 한 번 제대로 받지 못한 채 무명천으로 턱을 두르고 다녀 이름 대신 '무명천 할머니'로 불렸다. 턱 총상으로 말도 못하고 음식도 제대로 씹지 못해 위장병을 앓아 살아도 무명無命과 다름없는 삶을 살다가 2004년 9월 사망했다.

　－「진아영 할머니」부분

1990년 1월 난 태어나 처음 제주도에 얼굴을 내밀었지. 신혼여행을 간 거야. 대여섯 쌍의 신혼부부를 가이드가 이리저리 데리고 다니며 사진 찍어주고 먹여주고 재워주는 특별할 것 없는 여행이었어. 둘이 배낭 메고 등산 다녀오려 했지만 부모님들이 서운해 하는 눈치라 제주도로 간 거야. 그 뒤로 꽤 오랫동안 제주도엘 가지 못 했어. 아니 안 갔어.

피로 얼룩진 아픔이 곳곳에 스며 있는 곳에 가서 웃고 떠들고 마시며 즐겁게 지내는 게 마음에 걸려서, 마음이 불편해서 썩 내키지 않았지. 곳곳에 서 있는 호텔, 콘도, 놀이시설 등을 보면 4·3 때 온 식구가 몰살당해 소유권을 주장할 사람이 없는 걸 알아내 그 땅을 차지한 못된 인간들이 떠오르고 한라산을 보면 토벌대에 쫓겨 산으로 피난 갔다 총에 맞아 죽고 동굴에서 질식해 죽고 굶어 죽은 동네 사람들, 아이들이 생각나 힘들어. 지금도 그래.

그런데 이 또한 어리석은 생각이더라. 장기수들이 살아온 삶을 바탕으로 쓴 『녹슬은 해방구』를 읽다 보면 남한에 있는 좋은 산이란 산에는 골짜기마다 억울하고 아픈 죽음이 없는 곳이 없어. 월악산, 속리산, 덕유산, 지리산 등. 서울? 어려서부터 어머니에게 수십 번도 더 들은 한강다리 폭파 사건으로 죽은 수많은 사람들. 억울하게 죽어간 사람들은 얼마나 될까? 순천, 여수, 거창, 산청, 함양, 문경……

"말도 못하고 음식도 제대로 씹지 못해 위장병을 앓아 살아도 무명無命과 다름없는 삶을 살다가 2004년 9월 사망했다."

진아영 할머니처럼 가슴에 억울한 한을 품고도 말 한 마디 못 하고 죽은 듯 무명無命과 다름없는 삶을 사는 사람들이 이 땅에는 헤아릴 수 없이 많아. 내가 다니던 초등학교 이야기를 해볼게. 난 동학 농민군들이 몰살당한 공주에서 부여로 넘어가는 우금치 고개 아래에 있는 초등학교를 졸업했지. 초등학교 다닐 때 어른들이 이런 말을 했어.

"우금치 쪽에 가들 마. 억울하게 죽어 떠돌던 귀신 씌워서 시름시름 앓다가 죽는 다니께."

"우금치에서 내려오는 냇물에 가재가 드글드글혀. 그게 우째 그런지 알어? 그게 다 사람 시신을 먹고 살이 올라 그런 거여. 그 물에 사는 가재는 먹들 말거라."

"산에 가들 말어. 얼마 전에도 칡 캐다가 사람 해골을 봤
여. 지금은 덜 하지만 발에 차이는 게 해골이당께."

"아버지가 동학 접주라는 게 알려지면 죽을까 봐 성을 바
꾸고 사는 사람도 여럿이여. 그게 알려지면 후손들 공부하
고 취직하는 게 어려워진다고 지금꺼정 입도 뻥끗 안 허고
산다니께."

멀리 갈 게 뭐 있어. 돌아가신 아버지는 날이 궂을 것 같
으면 주무시면서 끙끙 신음소리를 내며 앓았어. 일제강점
기에 결혼하고 해방과 한반도 전쟁을 겪으며 살아오셨지.
전쟁 때에는 인민군에 끌려가 시달리고 나중엔 또 그 일로
국방군 쪽에 끌려가 죽을 만큼 맞고 형무소에 갇히고. 그 후
유증으로 돌아가실 때까지 고통스러워하셨어.

이 땅 어디에 가도 억울함을 가슴에 품지 않고 사는 데가
없더라. 억울한 죽음과 생이별 없는 곳이 없어. 나는 이제
제주도에도 가고 지리산에도 가고 한강에도 가. 깔깔거리
며 웃기도 하고 맛있는 것도 먹고 사진도 찍고 그래. 진아
영 할머니가 무명천으로 상처를 가리고 제대로 씹지도 못
하며 밥을 삼킨 것처럼 나도 아픔과 분노를 한쪽에 품은 채
밥도 먹고 치킨에 맥주도 마시고 울다 웃다 그러면서 살아
가고 있어.

학생들이 도전 정신을 키우고
실패하는 법을 배워야 하는데
학교가 도전적이지 않습니다
규정이니
지침이니
업무니
넘어야 할 장애물이 많습니다

정해진 교과서
정해진 평가
정해진 공간
정해진 것들이 너무 많습니다

제도권 선생인 저도
이것부터 따지고
이것이 있어야 편안합니다
 - 「4차 산업혁명과 학교 2 - 정해진 것들」 전문

　"학생들이 도전 정신을 키우고 실패하는 법을 배워야"하
는 학교는 모험거리가 가득한 곳이야.

학교가 있는 까닭과 목적은 학생들이 배움의 기쁨을 느끼면서 성장하고 발달하는 거라고 믿어. 조금 거칠게 말하면 몸과 마음으로 부닥치고 깨지면서 세상살이를 깨달아 밥값하며 남과 어울려 살아갈 힘을 갖추는 거지. 학교란 본질적으로 아이들의 몸과 마음을 뒤흔들어 배움과 깨달음이 일어나도록 하는 곳이야. 뒤흔든단 말은 낯선 세상에 들어서게 하는 거고 안 해본 짓 해보게 하는 거고 두려워 감히 엄두도 못 내던 것을 해보도록 분위기를 잡거나 할 수밖에 없도록 한다는 뜻이지.

학교란 모험이 가득한 곳이야. 시인의 말대로 "학생들이 도전 정신을 키우고 실패하는 법"을 배우는 곳이라는 뜻. 편안하고 아늑하고 즐겁고 행복하기만 한 곳이 아니라고. 학생들이 낯선 세상으로 모험을 떠나도록 도와주는 곳이야. 아이들마다 갖고 있는 고유의 특성, 삶의 역사, 기질, 관계 등을 잘 파악해 거기에 맞는 모험을 떠나도록 도와주는 곳이란 말이지.

그럼 교사는 어떤 사람인지 딱 나오잖아. 모험기획 전문가. 알맞은 난이도의 모험을 만들어주는 사람, 적절한 자극을 주는 사람. 자극을 주고는 그 자극에 대한 아이의 반응을 보고 거기에 맞게 격려하고 추임새를 넣어주지. 때로는 매섭게 야단도 치고 단호하게 멈춰 세우거나 방향을 확 틀어주기도 해. 모험거리, 다시 말해 골치 아프고 두렵고 아슬 아슬해 때론 피하고 싶은 일, 과제, 경험을 참고 견디며 겪어내도록 하는 사람이야. 몸과 마음의 힘을 길러 결국엔 아이 스스로 모험 거리를 찾아 떠나도록 곁에서 공감하고 믿고 기다려주는 사람.

교사가 "규정이니 지침이니 업무니 넘어야 할 장애물"에 신경 쓰거나 주눅 들지 않고 마음껏 교육할 수 있는 환경을 만들어야 해.

홀륭한 교사는 학부모나 교육 당국의 눈치를 보지 않고 소신껏 아이들이 적절한 난이도의 모험을 할 수 있도록 교육과정을 운영하는 사람이야. 그런데 교육활동과 직접 관련되지 않는 업무에 몸과 마음의 힘을 빼앗긴다면 교사가 마음껏 교육할 수 있을까? 아이들과 눈을 맞추며 아이들에게 몰입할 기회가 줄어들 수밖에 없어. 또 법적 책임과 규정이나 지침에 얽매여 지금 이 순간 아이들에게 필요하다고 믿는 교육활동을 실천해야 할지 머뭇거리게 된다면 "학생들이 도전 정신을 키우고 실패하는 법"을 배우는 학교는 허망한 꿈에 머물고 말아.

모험이 가득한 학교를 만들어가려면 행정적, 재정적 환

경만이 아니라 교사, 학생, 학부모가 서로 공감하고 믿으며 손을 잡는 심리적 환경을 만들고 가꾸어 가야 해. "학생들이 도전 정신을 키우고 실패하는 법"을 배우려면 교사와 학부모도 도전과 실패를 두려워하지 말아야겠더라. 개화기 이후 이 땅에서 관행적으로 학교를, 교실을 지배해 온 "정해진 교과서 정해진 평가 정해진 공간 정해진 것들"이 지금 우리 아이들에게 맞는지 전부 다 다시 살펴보아야겠다는 생각이 들어. 몸과 마음에 스며들어 있는 관행과 습관이란 놈이 너무 힘이 세고 그 뿌리가 깊어 혼자는 어찌하지 못해. 서로 열린 마음으로 많은 이야기를 나누어 가며 우리 어른들부터 모험을 시작하는 문화를 만들어 가면 좋겠어.

불편함이 존중받고 있다는 느낌이 생기는, 나의 실수도 인정받고 있다는 느낌이 생기는, 내가 성장하고 있다는 느낌이 생기는 학교, 가장 힘든 아이가 편안해야 모두가 편안해진다는 그런 학교
  - 5부 단상의 일부

6학년 민철이를 담임하던 해 가을 축제 때 일을 이야기하려고. 민철이가 노래 부르려 마이크를 들고 무대에 섰어. 민철이는 자폐라는 장애를 갖고 있고 혀 근육이 자유롭게

133

움직이지 않아 말을 해도 잘 들리지 않는 어려움까지 갖고 있지. 무대에 서서 인사를 한 뒤 반주가 나오자 노래를 시작하는데 이걸 어째? 입은 움직이는데 목소리가 나오질 않아. 시간은 흘러가고 반주는 계속 나오고. 바라보는 부모님 마음은 타들어가고 담임과 아이들도 안타까워. 이 상황에서도 관객인 아이들은 민철이를 바라보며 조용해. 너는 불러라 우리는 딴 짓한다는 그런 분위기가 아니라 조용히 지켜보며 기다려.

민철이 모습에 몰입해 있는 그때 담임인 내 어깨를 누가 툭툭 치기에 고개를 돌려 보니 우리 반 정혜가 귀에다 대고 속삭이는 거야.

"선생님! 우리가 민철이 뒤에 가서 춤추고 노래할까요? 도와주게요."

"그래. 그러면 좋지. 너무 좋지. 기막힌 생각이다. 그래. 올라가라."

하면서 엄지손가락을 추켜세웠어. 우리 반 아이들은 다 알아, 이 손가락이 뜻하는 걸. 정혜가 앉아 있던 자리로 되돌아가 다혜, 정희, 아름이, 혜수에게 가서 뭐라고 하기에 나오는 줄 알았는데 몇 명이 나오다 말고 다시 들어가는 거야. 정혜는 나오라고 손짓하는데 나오던 아이들이 망설이며 다시 자리에 앉기도 하고 엉거주춤 서 있기도 하고. 노래 반주는 흘러가고 나는 얼른 달려가 다른 관객 눈에 띄지 않게 눈짓을 했지. 나오라고, 좋은 생각이니 망설이지 말고 나오라고. 그제서야 아이들은 처음 마음먹은 대로 무대 위로 뛰어올라갔어.

같은 반 동무들이 무대에 올라 자기 등 뒤에 서자 우리 민철이 굳어 있던 얼굴에 웃음이 피어올라. 그러고는 곧 마이크를 입 가까이 대고 소리를 내지르면서 노래 가사가 들리기 시작했어. 무대에 오른 아이들 목소리도 커지고 민철이 목소리도 커지고 객석 부모님과 아이들도 함께 노래를 불렀어.

무대에 서 있는 아이들과 관객의 표정을 번갈아 읽다 가슴이 뭉클해졌어. 나는 노래를 따라 부르지 않았지. 이 순간 내 가슴에 솟아나는 느낌을 마음껏 누리고 싶어서. 참으로 귀한 이 순간을 놓치고 싶지 않았거든. 우리 민철이는 노래를 끝까지 한 뒤 마무리 인사도 큰 목소리로 하고 무대를 내려왔어. 관객들은 손뼉을 치면서 '한 번 더'라고 소리쳤지.

민철이 혼자 입만 움직이며 움츠러든 모습으로 노래를 불렀다면 어땠을까 생각해 봐. 지금 되돌아보면 아찔한 순간이야. 민철이는 특성상 아마도 제 목소리를 못 내더라도 끝까지 노래는 불렀을 거야. 다만 외로웠을 거고 스스로 점점 작아지는 걸 뼈저리게 느꼈겠지. 민철이 어머니 가슴은 또 어떠했을까. 민철이 자신과 무대에 뛰어올라 춤추며 노래 부른 녀석들뿐만 아니라 객석에서 그 과정을 지켜본 아이들, 부모님, 교사 모두 성장하는 귀한 순간이었어. 아이들 덕분에 함께 행복했고 마음이 따스해졌지.

이 공연이 어떻게 만들어진 건지 궁금하지? 이 공연은 교사가 기획하고 연출한 게 아니라 아이들 힘으로 기획하고 엮어낸 무대야. 마음껏 나대 보자는 의미로 이름을 '나대'로 지었고 출연신청 받고 진행하는 사람을 '나대 일꾼'이라고 해. 한 달에 한 번 중간 놀이시간 30분 동안 공연을 하는데 1학년부터 6학년까지 원하는 사람은 누구나 다 무대에 올라갈 수 있는 그런 공연이야. 나대 일꾼 자신은 돋보이지 않도록 조심하며 그림자처럼 일하고 수업에 지장을 주지 않으며 선생님들에게 부담을 주지 않는 등 몇 가지 원칙만 정했어.

만일에 이 무대를 연출 전문가나 교사가 기획하고 연출했다면 어땠을까? 멋진 공연을 보여주기 위해 아이들에게 몇 번씩 예행연습 시키면서 이렇게 해라, 저렇게 하라고 하나하나 잔소리 했겠지. 그런 무대 그런 심리적 환경에서는 실수를 할 수 없어. 교사는 가능한 뒤로 물러서고 아이들이 앞에 나서야 "실수도 인정받고 있다는 느낌, 내가 성장하고 있다는 느낌"이 생길 수 있어. 그래야 민철이처럼 몸과 마음에 어려움을 겪고 있는 아이도 마음껏 도전하고 편안하게 실수하며 성장할 수 있어. 교사와 부모도 마찬가지야.

뚜벅뚜벅 걷다보니
여기까지 왔다
더 이상 기댈 곳이 없고
스스로 새로운 길을
찾아야 할 시간
……
물 흐르듯이 살려고 했는데
그것이 쉽지 않았다
　　－「일을 마치며」 부분

시를 읽다 보면 다들 이렇게 말할 거야. "뚜벅뚜벅 걷다보니 여기까지 왔네." 누구는 5년, 누구는 10년, 누구는 20년.

요즘 들어 이런 질문을 자주 받아.
"퇴직할 때가 다가오니까 어때요?"
딱 한 마디로 핵심만 추린다면 "눈에 뵈는 게 많다!"라고 할 수 있어. 아이가 교문을 들어서는 걸음걸이, 표정, 몸짓을 보는 순간 아이의 마음이 느껴지기도 하고, 학교에서 일어나는 작은 변화나 흐름에서 그 밑에 있는 큰 소용돌이를 읽어내기도 해. 들려오는 이런저런 이야기가 담고 있는 의미가 읽히기도 하고. 그러다 보니 생각이 많고 밤잠을 설칠 때도 적지 않지.

이럴 때마다 살얼음판을 걷는 기분이 들어. 왜냐고? 무엇을 안다고 해서 내가 고칠 수 있거나 실천할 수 있는 건 아니기 때문이야. 자칫하면 나이 많고 잔소리 많은 선배 교사가 될 위험이 있거든. 이제 몇 해 뒤면 교직을 떠날 내가 말을 많이 하고 설레발치며 앞장 서는 게 무슨 의미가 있을까 싶어. 후배 교사들이 자기 자리에서 마음껏 상상하고 이야기하면서 꿈꾸던 교육활동을 펼칠 환경을 만들어주는 게 중요하지. 선배 교사는 뒤로 후배 교사가 자율적으로 교육 전면에 나서는 학교! 교사는 뒤로 아이들이 자율적으로 마음껏 많이 움직이는 학교! 떠오르는 5부의 단상이 있어. "활동의 폭, 판단의 폭이 넓은 공간에서 자발성은 싹이 튼다."

"더 이상 기댈 곳이 없고 스스로 새로운 길을 찾아야 할 시간"이야. 그럼에도 시인은 스스로에게 부족한 것을 인정하고 도움을 요청하면서 지내려고 해. 마음을 열고 다른 사람의 생각과 말에 귀 기울여 그 뜻을 읽어내는

힘을 기르다 보면 새로운 길이 열릴 거라는 믿음을 갖
고 있어.

시인은 꿈꾸지. "매일 매일 새롭게 만나서 숨어 있는 가
능성을 세심히 살펴볼 수 있게" 되기를. "새롭게 만나기 위
해 내가 먼저 새로워지게" 되기를. 늙은이와 젊은이의 차이
는 나이가 아니래. 열린 마음으로 다른 사람의 생각과 말을
귀담아 듣고 날마다 사람과 자연과 세상을 설레는 마음으
로 새롭게 맞이하는 이는 젊은이라는 거야.

시집에서 가장 마음 깊이 들어오는 시, 여러 사람과 나
누고 싶은 시를 고르라면 「새롭게」를 고르겠어. 아이들에
게 엄청난 심리적 영향력을 행사하는 교사와 부모가 마음
에 새기다 보면 조금 더 아이들을 공감하고 믿고 기다릴 힘
과 여유를 갖게 될 거라고 믿기 때문이지. 공감해야 믿을 수
있고 믿음이 있어야 기다릴 수 있잖아. 공감하려면 과거에
얽매여 어제라는 감옥에 갇혀 있는 게 아니라 지금 이 순간
을 충분히 깊이 느낄 수 있어야 하거든. 새롭게 세상을 느
낀다는 건 지금 이 순간에 푹 빠진다는 거라고 믿어. 과거도
아니고 미래도 아닌 지금 이 곳의 아이에게 눈을 맞추는 교
사, 부모가 되길 간절히 바라며 하루하루를 맞이하려고 해.

(저서 『열다섯, 교실이 아니어도 좋아』, 『열일곱, 내 길을 간다』)